奇奇的磁鐵鞋

國家圖書館出版品預行編目資料

奇奇的磁鐵鞋／林黛嫚文；黃子瑄圖.
　　——初版. —— 臺北市：三民，民89
　　面；　公分——（兒童文學叢書.
　童話小天地）
　　ISBN 957-14-3191-5（精裝）

859.6　　　　　　　　　　89003706

網際網路位址　http：// www. sanmin. com. tw

◎奇奇的磁鐵鞋◎

著作人　林黛嫚
繪圖者　黃子瑄
發行人　劉振強
著作財　三民書局股份有限公司
產權人　臺北市復興北路三八六號
發行所　三民書局股份有限公司
　　　　地址／臺北市復興北路三八六號
　　　　電話／二五○○六六○○
　　　　郵撥／○○○九九九八——五號
印刷所　三民書局股份有限公司
門市部　復北店／臺北市復興北路三八六號
　　　　重南店／臺北市重慶南路一段六十一號
初　版　中華民國八十九年四月
編　號　S85500
定　價　新臺幣肆佰元整

行政院新聞局登記證局版臺業字第○二○○號

有著作權　不准侵害

ISBN　957-14-3191-5（精裝）

海闊天空任遨遊
（主編的話）

小時候，功課做累了，常常會有一種疑問：「為什麼課本不能像故事書那麼有趣？」

長大後終於明白，人在沒有壓力的狀況下，學習的能力最強，也就是說在輕鬆的心情下，學習是一件最愉快的事。難怪小孩子都喜歡讀童話，因為童話有趣又引人，在沒有考試也不受拘束的心境下，一書在握，天南地北遨遊四處，尤其在如海綿般吸收能力旺盛的少年時代，看過的書，往往過目不忘，所以小時候讀過的童話故事，雖歷經歲月流轉，仍然深留在記憶中，正是最好的證明。

童話是人類智慧的累積，童話故事中，不論以人或以動物為主人翁，大都反映出現實生活，也傳遞了人類內心深處的心理活動。從閱讀中，孩子們因此瞭解到自己與周遭環境的關係。一本好的童話書，不僅有趣同時具有啟發作用，也在童稚的心靈中產生了意想不到的影響。

這些年來，常常回國，也觀察國內童書的書市，發現翻譯自國外的童書偏多，如果我們能有專為孩子們所寫的童話，從我們自己的文化與生活中出發，相信意義必定更大，也更能吸引孩子們閱讀的興趣。

這套《童話小天地》與市面上的童書最大的不同是，作者全是華文作家，不僅愛好兒童文學，也關心下一代的教育，我們都有一個共同的理想，為孩子們寫書，讓孩子們在愉快中學習。

想知道丁伶郎怎麼懂鳥語，又怎麼教人類唱歌嗎？智慧市的市民有多麼糊塗呢？小老虎與小花鹿怎麼變成了好朋友？奇奇的磁鐵鞋掉了怎麼辦？屋頂上的祕密花園種的是什麼？石頭又為什麼不見了？九重葛怎麼會笑？紫貝殼有什麼奇特？……啊，太多有趣的故事了，每一個故事又那麼曲折多變，讓我讀著不僅欲罷不能，還一一進入作者所營造的想像世界，享受著自由飛翔之樂。

感謝三民書局以及與我有共同理想的作家朋友們，我們把心中最美好的創意在此呈現給可愛的讀者。我們也藉此走回童年，把我們對文學的愛、對孩子的關心，全都一股腦兒投入童書。

祝福大家隨著童話的翅膀，遨遊在想像的王國，迎接新的紀元。

寫　夢

　　中兒是個多夢的孩子，而且總是無法分辨夢境與現實的分野，常常在夢醒後，猶耽溺於夢境中，得花許多力氣喚醒他。他的夢稀奇古怪，有一次他說他在和鄰居玩伴遊戲時，不小心把他吃下肚子，醒來後，他努力做出嘔吐的動作，想把同伴吐出來，我告訴他，他在作夢，他不相信，堅持要去同伴家看看他是不是安好。我牽著他，深更半夜，搭電梯下樓，當然不能真的去按鄰居的門鈴，幸好從電梯出來，中兒已回過神，輕輕告訴我，回去吧。他的表情有點憂傷，把同伴誤吞下肚的罪過似乎並未隨著夢境遠去。

　　我曾經為此深感苦惱，雖然問過育兒專家、看過家庭醫師、甚至去廟裡收驚，朋友告訴我，這是想像力豐富的孩子會有的現象，長大就好了，但是看見他被夢中的怪獸追趕到現實生活來，驚恐不去的樣子，仍然很心疼。

　　元兒開始會作夢的年紀，常常看著我安撫哥哥，不斷哄他，「你在作夢！」「那不是真的！」於是過早就失去享受作夢的樂趣，他應該也作夢，我見他在睡夢中笑聲似銀鈴，醒來後我問他，「你作什麼夢呢？」他回答道：「和幼稚園的小朋友玩啊。」彷彿只是白天活動的延伸而已。

　　有一天清晨，從一個很長、曲折離奇的夢境中醒來，由於那夢實在太匪夷所思了，於是我叫醒外子，要告訴他這個有趣的夢，被吵醒的外子輕惱道：「你們家的人都很愛作夢！」我這才想到，原來我也是個多夢的孩子。

　　我曾想過把一個一個瑰麗離奇的夢記錄下來，但大部分的夢不適合寫成故事，尤其我的文學觀講究寫實。當簡宛大姐邀約這本童話故事時，我才醒悟到，現實生活中的我已長大成人，為人妻、為人母，但是在夢境裡，我仍然是個可以自由飛翔的精靈，那麼，就把其中一個簡單的夢寫下來吧。

　　這個故事完成前曾說給中兒、元兒聽，他們聽得興味盎然，和我其他創作比起來，《奇奇的磁鐵鞋》多了一種樂趣——那就是親子共享的樂趣！

林黛嫚

兒童文學叢書
・童話小天地・

奇奇的磁鐵鞋

林黛嫚・文

黃子瑄・圖

三民書局

　　磁鐵王國的小獅子奇奇學會說話後，問的第一個問題就是：「我腳上這個黑黑的、重重的、硬硬的東西是什麼？」

　　媽媽很有耐心的對奇奇解釋：這個東西叫做磁鐵，可以把鐵製的東西吸住。

　　「那麼這個叫做磁鐵的東西，套在我的腳上做什麼？」奇奇又問。

　　這個答案很長，奇奇懂得又太少，媽媽說了好久才說清楚。

「你知道嗎？我們居住的這個星球是一個大鐵球，它每天繞著亮亮的叫做太陽的火球轉動，自己也順著太陽下山的方向旋轉。星球旋轉的力量很大，如果我們不把自己綁在固定的東西上，就會被那個巨大的旋轉力量甩出去，在太空裡漫步，再也回不到我們的星球上。

「我們萬獸之王的獅子祖先發現不管把自己綁在樹上、房子上、柱子上，都很不方便，於是聰明的祖先發明了磁鐵，做成鞋子的形狀，發給每一隻動物，於是每隻動物都可以很安全的自由活動。」

媽媽看奇奇心不在焉的樣子，很擔心奇奇不知道這個磁鐵鞋的重要，又補充說明一番。

「這個磁鐵鞋很重要，可以說和你的生命一樣重要，因為你要是弄丟了磁鐵鞋，你就會被甩到太空中，再也看不到爸爸媽媽了。」

奇奇說：「我知道了，我會小心愛護它的。」

7

奇奇踩著他的磁鐵鞋
在屋子裡走動，
覺得很安全，
他很快就忘了磁鐵鞋的存在，
和其他動物一樣，
因為習慣了磁鐵鞋
而根本把磁鐵鞋
當作身體的一部分。

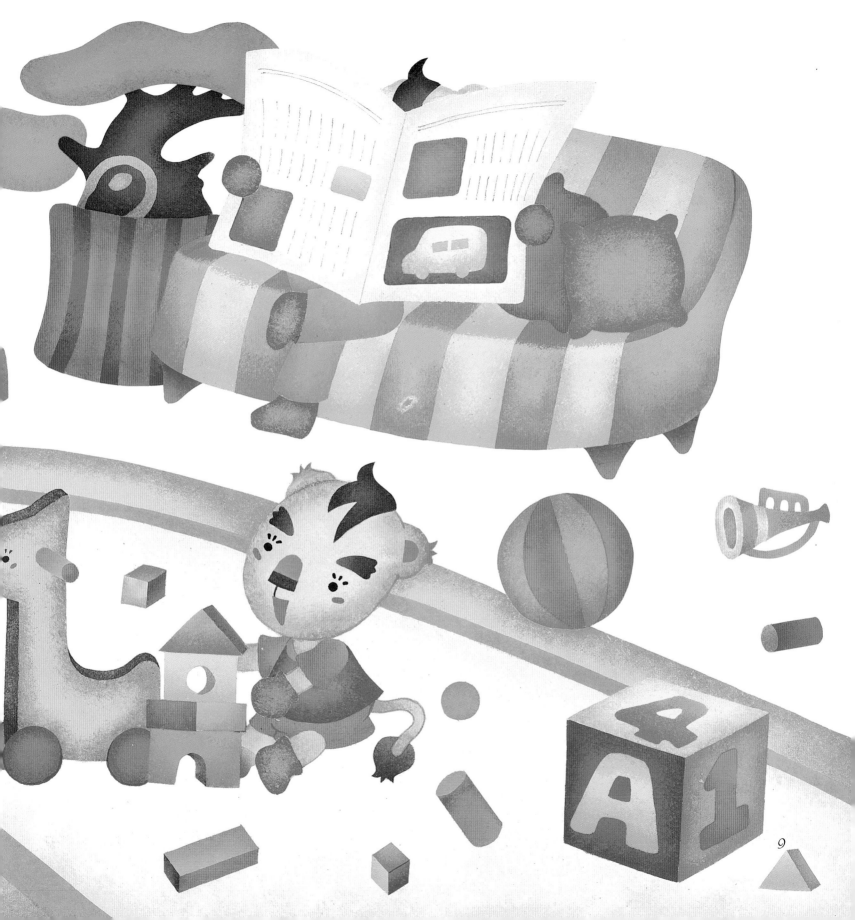

9

奇奇平時就很迷糊，
常常丟三落四，上學第一天
就鬧了很多笑話。

每個小朋友第一天上學，
通常前一天晚上會興奮得睡不著覺，
奇奇卻和平日一樣早早就上床
呼呼大睡。倒不是奇奇不喜歡上學，
而是他根本忘了第二天要上學。
　　早上媽媽叫奇奇起床，
奇奇揉著惺忪睡眼，直問：
「這麼早起床幹什麼？」
　　媽媽說：「上學了，你忘了嗎？
從今天起，你就是森林小學
一年級的新生。」
　　於是奇奇起床，刷牙，洗臉，
換上嶄新的制服，上學去。

10

12

　　和奇奇住在附近的鄰居，有長頸鹿安安，
還有小象旦旦，他們也都是一年級新生，
所以媽媽們很高興的表示：「太好了，
從今天起，你們可以一起上學去。」

　　奇奇、安安、旦旦便背起了書包，
手牽手一起出門。

　　旦旦向奇奇和安安炫耀他的書包裡
有很多好吃的東西，「我媽媽幫我帶了
麵包、果汁牛奶還有蘋果，因為我的食量
很大，每天都要吃很多東西，才不會
挨餓。」

　　這時奇奇才發現他忘了背書包，你說
奇奇是不是很迷糊？

　　旦旦和安安又陪奇奇回去拿書包，
這下讓奇奇的媽媽開始擔心，不曉得
奇奇會不會忘了把自己帶回家？

　　由於這一耽擱，他們上學快要
遲到了。走到公園前，旦旦就建議
走捷徑，也就是穿過公園，可以不用
繞一大圈。但是穿越公園後有好幾個
困難要克服，包括一個很窄的洞口、
一座很高的天橋，還有一處車輛
很多的十字路口。旦旦擠不過那個
窄窄的洞口；安安爬不上那個很高的
天橋；奇奇膽子很小，最怕過那車輛
很多的十字路口。可是他們如果不走
捷徑，就肯定要遲到了。

　　所以他們只好硬著頭皮走進公園。

15

　　大清早的公園裡，很多動物
在運動。有的在打太極拳，
有的在跳土風舞，有的在慢跑，
奇奇看得目不轉睛，忘了移動
步伐，簡直是停了下來。

　　旦旦和安安走了好一段路，
才發現奇奇不見了，又跑回來找奇奇。

　　找到奇奇後，旦旦很生氣的說：
「你再不走快點，我們就不管你了，
　　讓你遲到被老師罰站。」

他們很順利的穿過窄洞，
旦旦很高興，
他認為一定是他變瘦了；

18

也很順利的爬過天橋，
安安也很高興，
　她想一定是她的脖子變短了，
才能夠不被天橋的矮屋頂擋住。

　　但是奇奇就沒有那麼順利，這個車輛很多的路口，他恐怕過不去了。

　　奇奇站在路口，不敢動。安安和旦旦先過去，看到奇奇還在馬路那一頭，又走回去帶奇奇，但是奇奇還是不敢動，於是安安和旦旦站在奇奇的兩邊，把奇奇夾在中間，一步步向馬路那一頭移動，終於穿越馬路。

　　「天呀，我們終於做到了。」旦旦說。

　　「天呀，我下次再也不要和奇奇一起出門了。」安安說。

　　「天呀，」這次是奇奇發出的驚叫聲，「我把我的一隻鞋弄丟了！」

「什麼！」安安和旦旦一起看著奇奇的腳，丟了一隻鞋是什麼樣子？

　　奇奇低著頭，看著自己的右腳，那原本該有一個黑黑的鞋套的地方，現在露出鈍鈍的腳爪，那爪子因為他們從來沒有看過，覺得很陌生，而且那隻沒有磁鐵鞋套的腳正慢慢往上蹺，奇奇得費很大的力氣才能把那隻腳按回地面。他的右邊身體也因為用力而向右邊傾斜，樣子看起來很可笑，所以旦旦和安安忍不住大聲笑起來。

　　奇奇也許不知道事情的嚴重性，也跟著傻呵呵的笑，旦旦的媽媽曾經鄭重對旦旦叮嚀，旦旦知道掉磁鐵鞋的人會有什麼樣的悲慘命運，於是自己覺得不該這樣幸災樂禍的笑。

　　「奇奇你慘了，你還笑！」旦旦大聲說。

　　旦旦提醒了奇奇，他也想起媽媽的叮嚀，開始發愁起來。

奇奇、旦旦和安安又走回公園，找了一張長椅坐下。

現在就算及時趕到學校也沒什麼用，奇奇少了一隻鞋，這誰也幫不上忙，因為每隻動物都只有四隻磁鐵鞋，誰也沒有多一隻鞋可以拯救奇奇。所以他們坐在公園的長椅上發呆。

旦旦從書包裡拿出食物來，他一緊張就會覺得肚子餓，何況這個清晨他們真的經歷了很多事。

「喏，要不要吃？」旦旦說，那是一個海綿蛋糕。

奇奇順手接了過來，放進嘴巴裡。

「還吃！你都快要死了，還不想辦法！」安安說。

「我哪想得出什麼辦法。」

就算天塌下來，奇奇也無動於衷。

一個上學的早上變成公園的野餐，這是誰也想不到的事。

正在他們不知如何是好的時候，
公園管理員猴子伯看到他們三個
坐在公園的椅子上，就過來詢問。
「欸，你們三個是怎麼搞的，
這個時間應該在教室裡上課，
怎麼會在這裡遊蕩，趕緊去上學，
否則我要通知校警來捉你們了。」

一般小孩聽到這樣的話，不嚇得拔腿就跑才怪，但奇奇他們卻動也不動。還有什麼事會比掉了一隻鞋更可怕的呢？

「到底怎麼了？你們。」猴子伯又問。

終於安安回答了猴子伯的問話。

「你看，奇奇他弄丟了一隻鞋。」

猴子伯弄懂了，他也看見奇奇那隻老是要飛向天空的右腳，光禿禿沒有磁鐵鞋的模樣。

「嗯，這真是一個非常嚴重的問題。」

猴子伯也坐下來，希望能想出一個好辦法來。

過了一會兒。

「有了，」還是猴子伯比較聰明，他想出了辦法。

「你們知道嗎？這些跟了我們一輩子的鞋，最後會到哪裡去嗎？」

這跟奇奇掉了一隻鞋有什麼關係？旦旦他們想不通。

29

猴子伯繼續說：

「我們動物死了之後，會有一個收鞋隊負責把鞋收回去，鞋子拿開之後，動物就會飛出去，飛到太空中，我們的森林才會這麼乾淨。」

「喔，原來如此。」奇奇他們上了寶貴的一課，這是老師、爸爸媽媽都不會告訴他們的事。

「所以呢，我們現在只要找到一隻快要死了的動物，跟在他後面，等到他一倒地，我們趕在收鞋隊來之前偷他一隻鞋，不就解決問題了嗎？」

這就是猴子伯想出的好方法。

「可是偷東西是不對的事。」奇奇、旦旦、安安異口同聲的說。

「我知道，可是這是不得已的呀，不然難道你們有更好的辦法？」

猴子伯說的對，這是唯一的好辦法。

現在，他們的任務就是 ——
找到一隻垂死的動物，跟在他
後面，等他倒地。

什麼地方比較多垂死的動物呢？

「遊樂園。」安安說。

「十字路口。」奇奇說。

「麵包店。」旦旦說。

　　猴子伯搖搖頭，「都不對，我告訴你們，
公園裡最多。大部分的動物在臨死前往往
會到公園裡來，回憶一下生命中的美好時光。
公園裡有樹、有花、有蝴蝶飛來飛去，
多麼美好的景象。如果我猜的沒錯，
過一會兒，就會看見我們想要看見的
動物。」

35

猴子伯說的沒錯，安安脖子長，看得比較遠，她看見一群穿制服的收鞋隊抬著一隻很大的河馬往這邊走來，擔架上的河馬氣喘嘘嘘，上氣不接下氣。

旦旦跑去問領頭的收鞋隊員。

「他怎麼了，你們抬著他要到哪兒去？」

收鞋隊是全世界最驕傲的行業，像今天奇奇如果有一位收鞋隊的親戚，就不必擔心掉了一隻磁鐵鞋。

這些收鞋隊員看看說話的是一個小朋友，根本理都不想理，倒是河馬自己回答了這個問題。

「我得了重病，他們要帶我去醫院，不過我想我是沒救了。」

「聽到沒有，河馬得了重病，我們可以先拿他一隻鞋，要不然這些收鞋隊員可不是好商量的。」安安說。

　　安安長得比較高，這個工作當然落到她頭上。

　　安安動作俐落，趁著收鞋隊不注意，偷了河馬一隻鞋。

　　任務完成，可是大家並沒有高興太久，因為河馬的腳比奇奇大太多了，磁鐵鞋一套上去就掉下來，看這樣子，奇奇走不了幾步，就又會掉鞋。

　　猴子伯要安安趕緊把河馬的鞋送回去，在收鞋隊還沒有發現前。

三個小朋友和一個公園管理員，又坐在長椅上發愁。要是一整天都沒有動物死掉，那可怎麼辦？

不一會兒，「有了，有了。」千里眼安安又有了新發現。

一隻上了年紀的灰兔婆婆腳步蹣跚的往這邊慢慢走過來。

奇奇、安安、猴子伯也都看見了，他們很緊張的注視著這個灰兔婆婆的一舉一動，唯恐她跑掉了，這可是奇奇的一個活命的機會。

灰兔婆婆走呀走的，走到旦旦面前，倒了下去。

「哇！」旦旦歡呼了一聲，他們沒想到這麼順利，一下子就解決了問題。

猴子伯動作靈巧，很快就把灰兔婆婆的鞋拔了一隻下來。

但是就算是再笨的動物，也看出不對勁了，灰兔婆婆的腳這麼小，她的鞋子怎麼能套進奇奇的腳呢？

41

大夥一下子洩了氣，原來
事情不像想像中容易。猴子伯
把灰兔婆婆的鞋子套回她的腳上。

不一會兒，收鞋隊來了，正準備
把灰兔婆婆的磁鐵鞋收回去。

「你們做什麼，我還沒死呢！」
被以為已經死了的灰兔婆婆竟然又站起來，
很生氣的看著收鞋隊。

「妳沒死倒在地上做什麼，滾開！」
收鞋隊也很不客氣。

「我走不動了，休息一下不行嗎？」

「要休息應該在椅子上休息。」收鞋隊
很不高興的走了。

「這年頭真沒幾個好人，我這老太婆
還是早早死掉算了。」

　　灰兔婆婆真是累了，她想爬到椅子上休息，可是試了幾次都沒有成功。

　　奇奇看灰兔婆婆怎麼試也爬不上椅子，就去幫忙，他站在灰兔婆婆後面頂她一下，但是奇奇笨手笨腳，雖然把灰兔婆婆頂到椅子上，卻用力過猛，把灰兔婆婆的身體也翻了過去。

灰兔婆婆躺在椅子上，氣喘噓噓。
安安、旦旦睜大眼睛盯著地上看。
原來，從灰兔婆婆的裙子裡掉下來
一個黑黑的東西。
「那不是奇奇的鞋嗎？」

果然是奇奇的鞋，猴子伯眼明手快，不待灰兔婆婆抗議，從地上把磁鐵鞋撿起來，套在奇奇的腳上。

剛剛好，那是奇奇丟掉的鞋子。

「土匪，你們是土匪，把我的鞋子還給我。」

「什麼土匪，妳才是小偷，這不是妳的鞋子，這是奇奇丟掉的。」旦旦也大聲回答灰兔婆婆。

「那是我在路上撿到的，我撿到就是我的。」

「不是自己的東西據為己有，真不要臉。」安安說。

「誰不要臉，妳才不要臉。」灰兔婆婆和安安對罵起來。

猴子伯說話了。

「老婆婆，這隻鞋確實是這個小弟弟的，妳看，穿在小弟弟的腳上剛剛好。何況妳的鞋子都在，這隻鞋子對妳來說也太大了，妳要去也沒用啊。」

「我想要多一隻鞋啊，要是不小心弄丟了，還有一隻備用。」灰兔婆婆知道是自己理虧，講話聲音小了一點。

「可是妳知道嗎，奇奇沒有這隻鞋是會有生命危險的，妳難道不知道撿到東西應該物歸原主嗎？」旦旦擺出一付教訓的口吻。

「好嘛，好嘛，還給你就是了嘛。反正重得要命，背得我累得半死，我早就想把它丟掉了。」灰兔婆婆一邊嘀嘀咕咕，一邊跳下長椅，走開了。

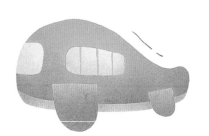

　　「這下解決了，」猴子伯對奇奇說：
「小弟弟，小心點，下回可不一定
有這麼好的運氣了。」

　　「我知道了，我一定會更小心，
再也不讓磁鐵鞋離開我一步。」

　　奇奇真的得到教訓了，他走路的
步伐穩重多了。

　　「我們可以上學去了吧，再不去，
說不定大家都要放學了。」

 寫書的人

林黛嫚

　　民國 51 年出生於臺灣中部的山城——南投，從小在山明山秀、人情純樸的小鎮成長。中學離開小鎮，到繁榮進步的都會城市臺北就讀，先接受師範教育，畢業後也在小學教書，同時在臺灣大學進修，研讀中國文學。民國 76 年底，離開服務 4 年多的玉成國小，進入《中央日報》副刊組服務，目前擔任《中央副刊》主編。

　　民國 75 年出版第一本短篇小說集《也是閒愁》，後來又寫了《今世精靈》、《時光迷宮》等創作。《奇奇的磁鐵鞋》是第一本為兒童寫的書。

 畫畫的人

黃子瑄

　　圓嘟嘟的子瑄，看起來就像是個卡通人物。爽朗的笑聲、超級大的嗓門是她不變的正字標記，往往人還沒到，聲音就先到了，朋友都一致同意，以她圓滾的身材加上特殊的嗓門，想讓人忽視她，很難！而她最大的虛榮是當寶貝兒子對她說：「媽媽畫圖好漂亮！」的時候，百分之兩百會聽到她的大笑，笑得志得意滿！

　　子瑄從小就愛畫圖，讀的是美術設計科，加上曾帶過兒童美術班，所以對兒童插畫一直情有獨鍾。她認為創作兒童圖畫書與插畫，其中最大的樂趣在於拋下成人世界的現實面，投身兒童單純且天真無邪的國度，伴隨著無數的孩童一同成長，即使只是一名小小的插畫工作者，她仍樂此不疲。

　　「人因夢想而偉大」，無限的夢想等待無限的開發，不論成人或兒童，企盼閒暇時撿拾起一本圖畫書，讓每個人的世界因這小小的滿足而大放異彩。